A velha história do PEIXINHO que morreu afogado

Texto
Marilia Pirillo

Ilustrações
Guazzelli

Saíra
EDITORIAL

Copyright desta edição © 2022 Saíra Editorial
Copyright © 2022 Marilia Pirillo e Guazzelli

1ª edição: 2014 (Edições de Janeiro)
2ª edição: 2022 (Saíra Editorial)

Direção e curadoria	Fábia Alvim
Gestão comercial	Rochelle Mateika
Gestão editorial	Felipe Augusto Neves Silva
Projeto gráfico	Matheus de Sá
Diagramação	Raoni Machado
Revisão	Tatiana Custódio
	Thayslane Ferreira

Dados Internacionais de Catalogação na Publicação (CIP) de acordo com ISBD

P668v   Pirillo, Marilia

A velha história do peixinho que morreu afogado / Marilia Pirillo ; ilustrado por Guazzelli. - 2. ed. - São Paulo, SP : Saíra Editorial, 2022.
52 p. : il. ; 17cm x 30cm.

ISBN: 978-65-86236-45-3

1. Literatura infantil. I. Guazzelli. II. Título.

2020-258

CDD 028.5
CDU 82-93

Elaborado por Vagner Rodolfo da Silva - CRB-8/9410

Índice para catálogo sistemático:
1. Literatura infantil 028.5
2. Literatura infantil 82-93

Todos os direitos reservados à

Saíra Editorial
Rua Doutor Samuel Porto, 396
Vila da Saúde – 04054-010 – São Paulo, SP
Tel.: (11) 5594 0601 | (11) 9 5967 2453
www.sairaeditorial.com.br | *editorial@sairaeditorial.com.br*
Instagram: @sairaeditorial

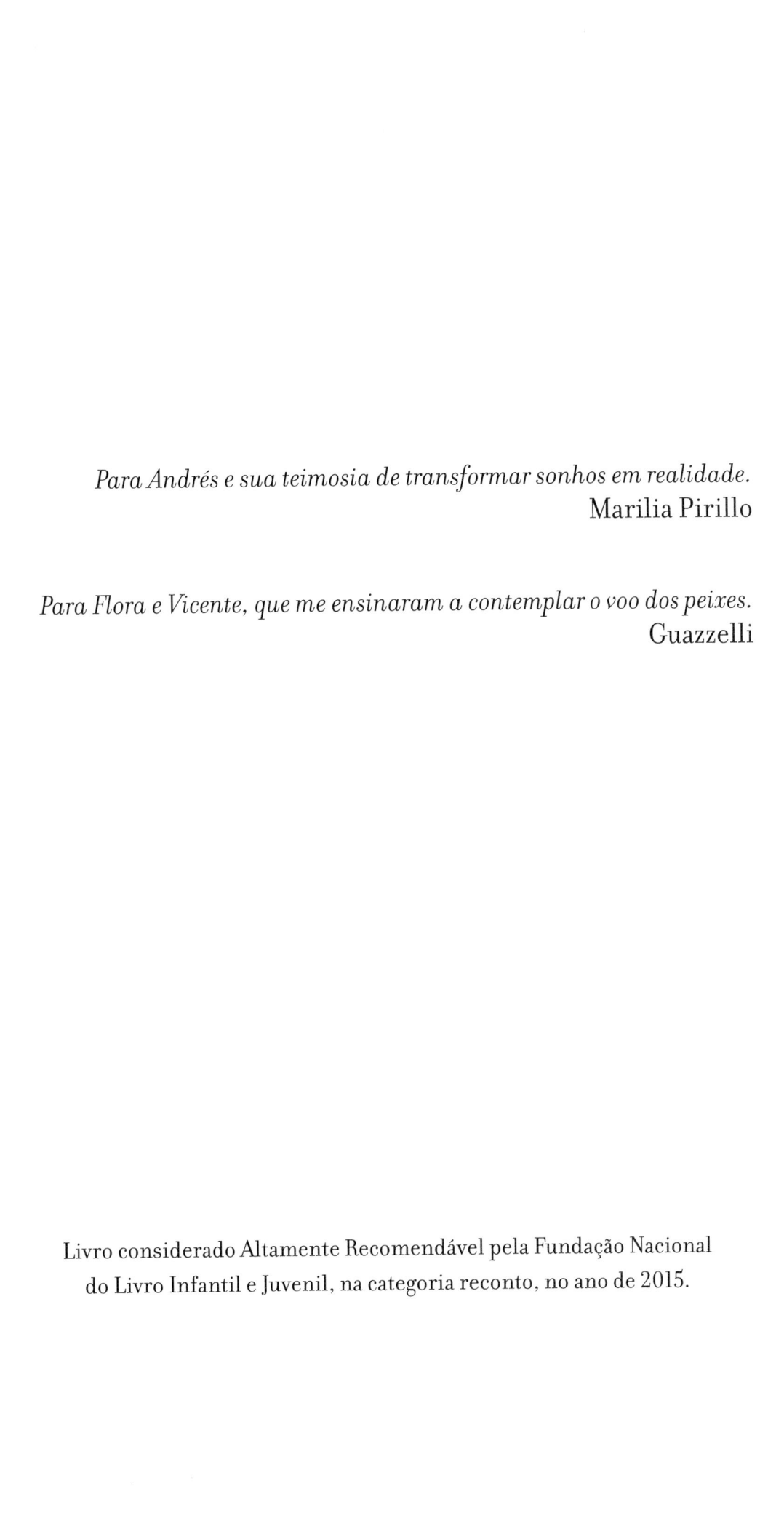

Para Andrés e sua teimosia de transformar sonhos em realidade.
Marilia Pirillo

Para Flora e Vicente, que me ensinaram a contemplar o voo dos peixes.
Guazzelli

Livro considerado Altamente Recomendável pela Fundação Nacional
do Livro Infantil e Juvenil, na categoria reconto, no ano de 2015.

Certo dia um homem sério, destes que estão sempre muito ocupados com a vida, tinha a cabeça tão cheia de minhocas que, embora não houvesse tempo para nada, decidiu ir pescar.

De terno e gravata, tomou o elevador e, ignorando como de costume o cumprimento do porteiro, atravessou decidido a impossível avenida e seguiu com passos firmes até a beira do rio que, correndo sem pressa e sempre, cortava a cidade através do canal.

O homem arregaçou as calças, afrouxou a gravata, sentou-se sobre um jornal velho perto da margem e, sem assombro, coçou a cabeça e tirou de lá uma gorda minhoca. Espetou o bicho no anzol feito com um clipe de papel que trazia consigo, amarrou-o com um barbante a um galho seco que por ali estava e jogou-o na água.

Feito isso, permaneceu imóvel.

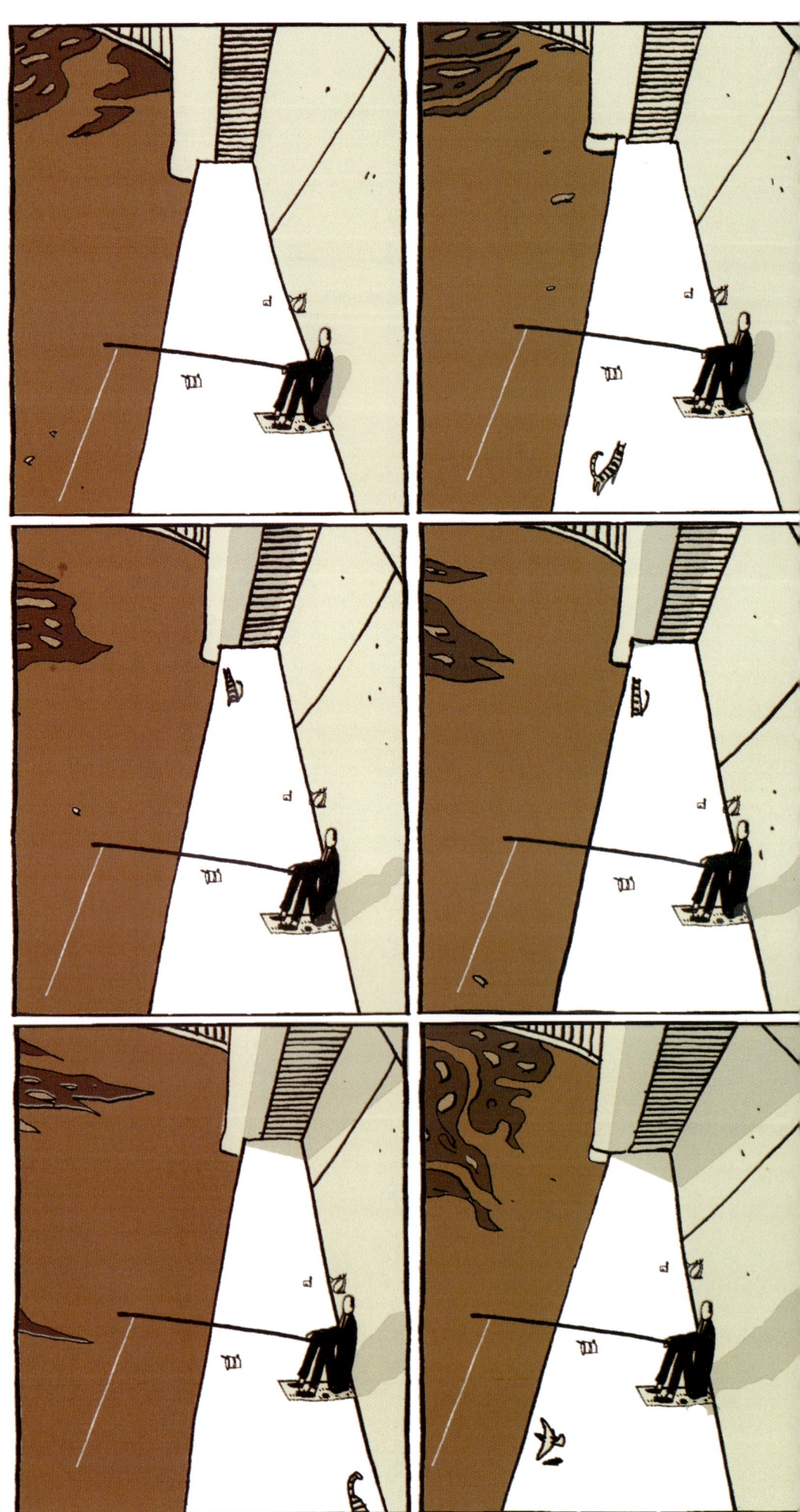

Esperando sem muita esperança.

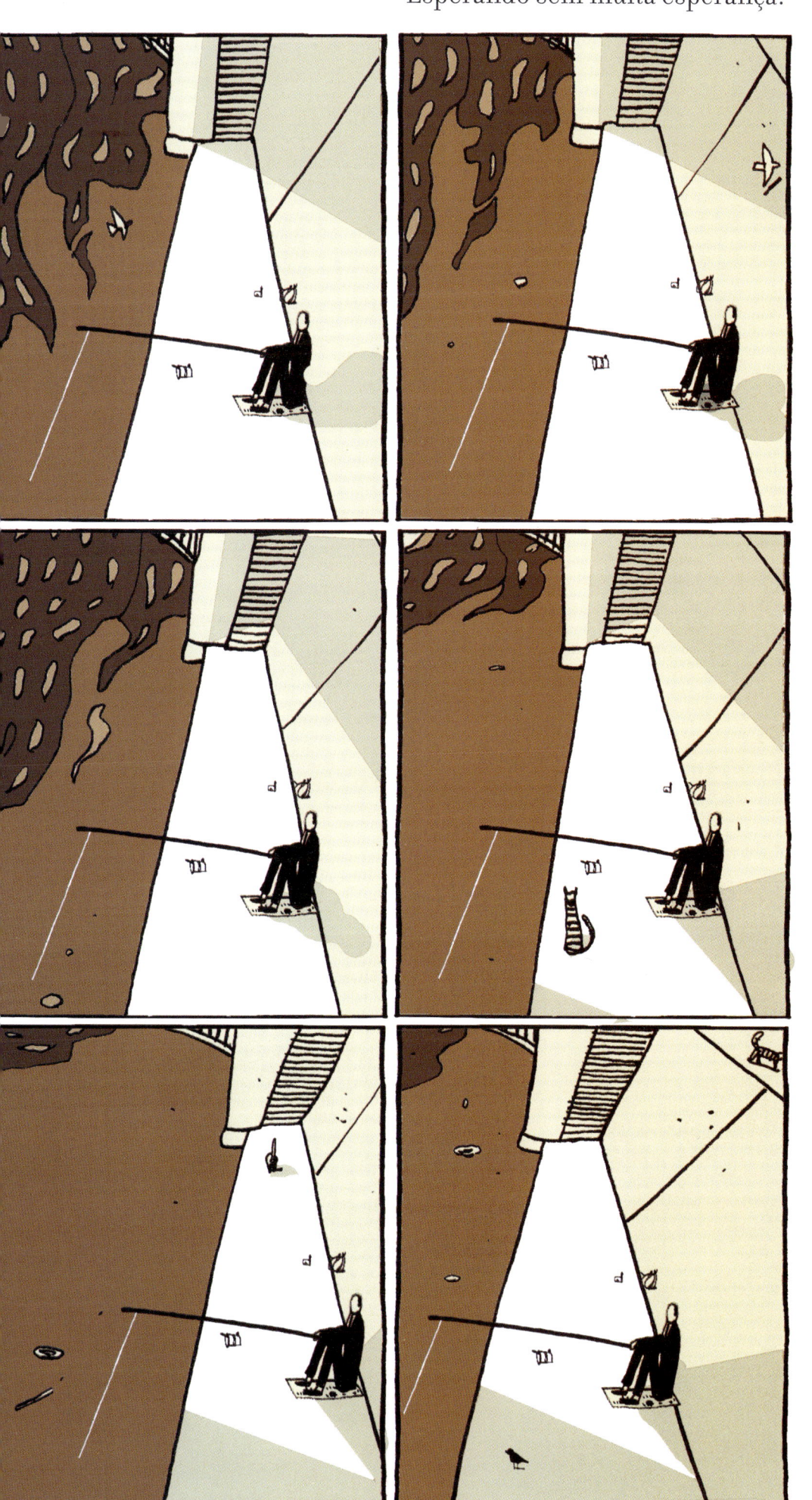

Passado algum tempo, o homem coçou novamente a cabeça e desta vez tirou de lá duas minhocas agitadas para espetar no anzol. Jogou-o novamente no rio e voltou a ficar imóvel, apenas observando a teimosia da água em correr para, um dia, quiçá, alcançar o mar. Sentiu surpreso um vento soprar o seu rosto. Fechou os olhos e respirou fundo.

Tomou um susto quando a linha balançou e esticou — puxando-o de volta ao momento. Piscou algumas vezes. Duvidando. Poderia ser um peixe? Um peixe vivo naquele rio quase morto?! Entre curioso e descrente, o homem puxou a linha devagar.

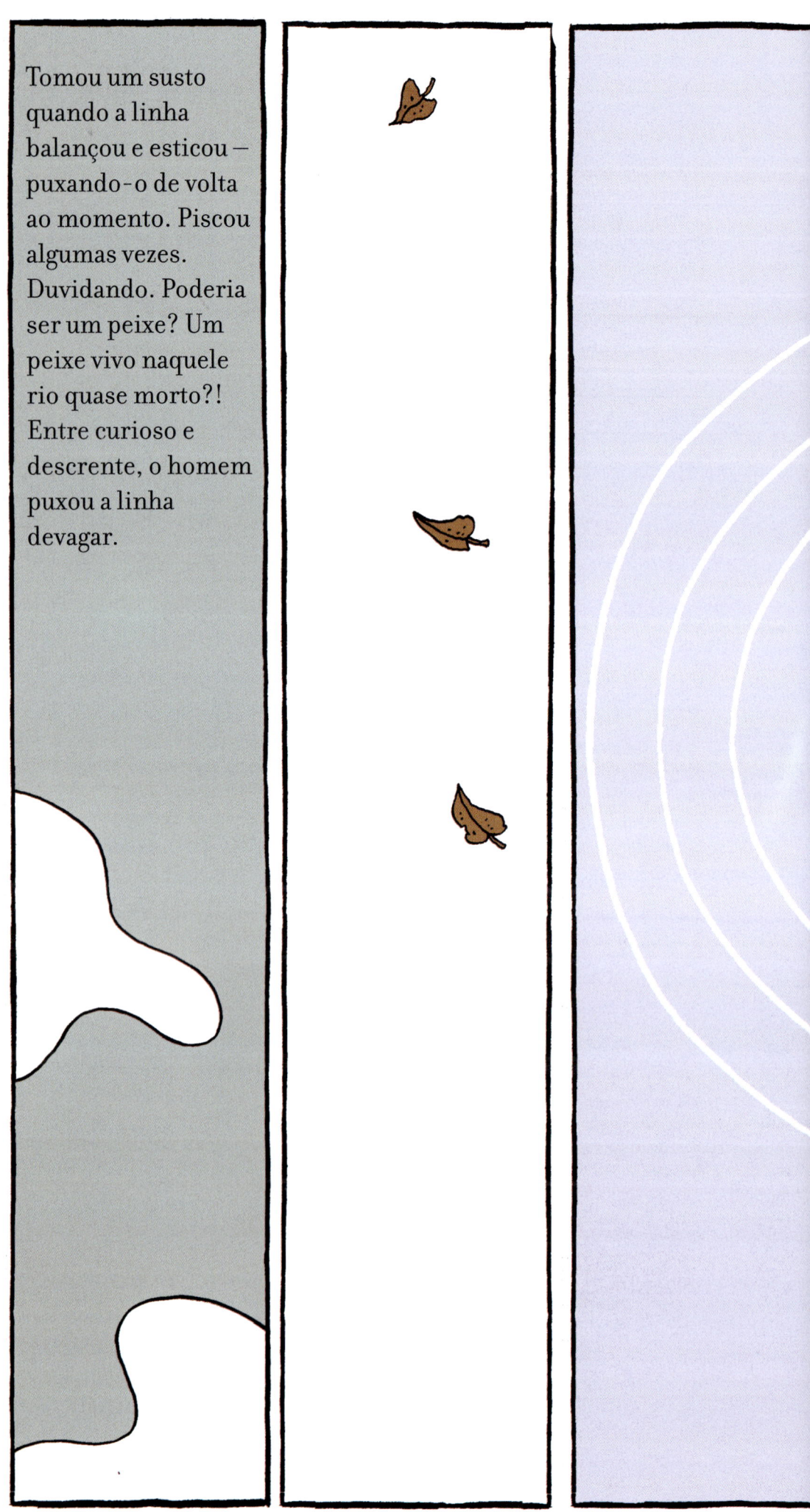

E, no sol forte do meio-dia, ele viu brilharem e se multiplicarem em mil reflexos as escamas de um inocente peixinho se agitando no ar. Encantado com aquele pequeno milagre, o homem pegou o peixinho nas mãos e, com muito cuidado, retirou delicadamente o anzol que lhe espetava a garganta.

Agradecido, o peixinho deu um lindo salto no ar e pousou no colo do homem. Sorrindo.
No entusiasmo do momento, tal qual criança querendo conquistar novo amigo e sem saber ao certo o que fazer, o homem ofereceu ao peixinho uma das pastilhas de hortelã que trazia consigo. O peixinho balançou a cauda em agradecimento, mas não abriu a boca.
— Tem razão — desculpou-se o homem. — Por certo pastilhas de hortelã não são alimento para peixes — ponderou ele, coçando a cabeça. Desse gesto veio-lhe à mão mais uma gorda minhoca que o peixinho engoliu num instante. A cada minhoca engolida, o pequeno improvável arrancava do homem uma careta: a triste tentativa de um sorriso.
Com a cabeça cada vez mais leve, o homem agora pensava apenas em como prolongar aquela alegria. E, como que propondo nova brincadeira, falou entusiasmado:
— Mais graça teria se eu também estivesse a comer algo saboroso. Os bons modos ditam que eu te convide para almoçar!

Colocando o peixinho no bolso do paletó e, sem olhar para os lados, atravessou novamente a impraticável avenida e, quase a saltitar, seguiu pelas calçadas, cantarolando animado uma antiga canção da infância, até chegar ao refinado restaurante que frequentava todos os dias.

Dirigindo-se ao maître, pediu mesa para dois — com cadeira alta para seu acompanhante.
Negou, entre ofendido e constrangido, o cardápio de frutos do mar que o garçom lhe oferecia. Pediu apenas uma salada acompanhada de um cesto de pães e uma garrafa da mais pura água.
No copo alto de vidro o peixinho mergulhou de ímpeto e ficou rodopiando enquanto o homem lhe fazia cosquinhas assoprando um canudinho.
O peixinho não era de muita conversa, mas se comportou de maneira exemplar durante toda a refeição. Sorria e fazia brilhar suas escamas, enquanto ouvia atentamente as histórias que o homem dividia com ele.
Lembranças de meninice.

De quando, dono de todo o tempo do mundo, o menino-homem deitava-se na relva verde às margens do mesmo rio onde o peixinho fora fisgado e, com o olhar preguiçoso, seguia o desenho das nuvens no céu até adormecer.
Naqueles tempos sonhava muito!

Sonhava em crescer e se tornar um homem importante.
Sonhava em usar sapatos de couro brilhantes, terno, gravata.

Sonhava em trabalhar num dos imensos arranha-céus que começavam a ser construídos no centro da cidade. E ganhar muito dinheiro.

Para isso o menino estudou muito e brincou pouco

e cresceu rápido.

Entre um gole de café e lágrimas mal contidas, o homem contou em segredo ao peixinho que o único sonho que lhe restava era o de voltar a ser menino, poder brincar novamente às margens do riacho de águas límpidas e adormecer despreocupado. Sonhando com nuvens.

Talvez por causa do sonho de nuvens ou da longa conversa ou da prolongada refeição ou, quem sabe ainda, do excesso de alface, minhocas gordas e lascas de pão que havia consumido, o peixinho começou a ficar tão sonolento que não pôde conter um pequeno bocejo. Percebendo isso, o homem empertigou-se, pediu a conta, enrolou o peixinho no guardanapo de linho e o guardou no bolso do paletó para que pudesse descansar.

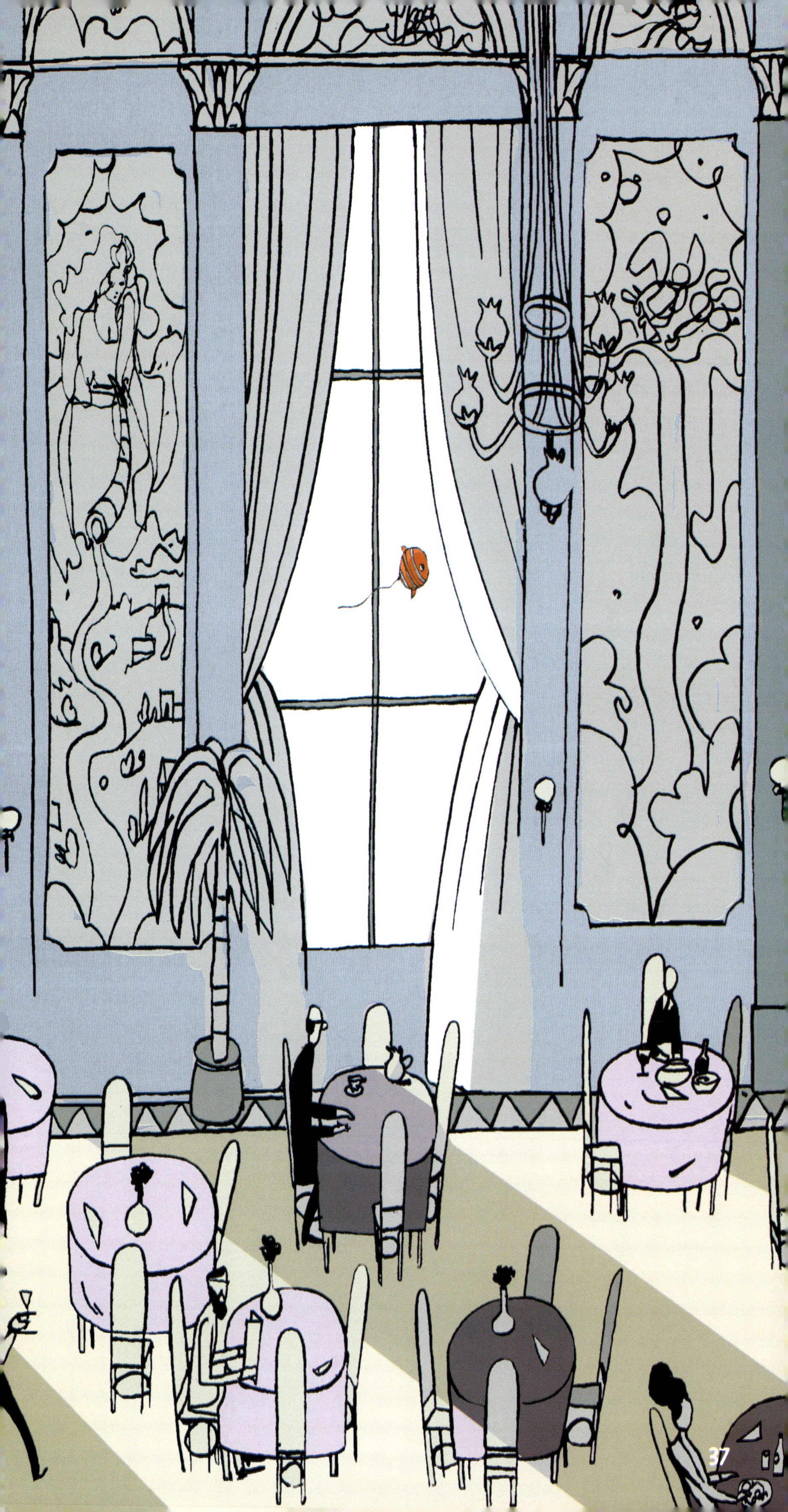

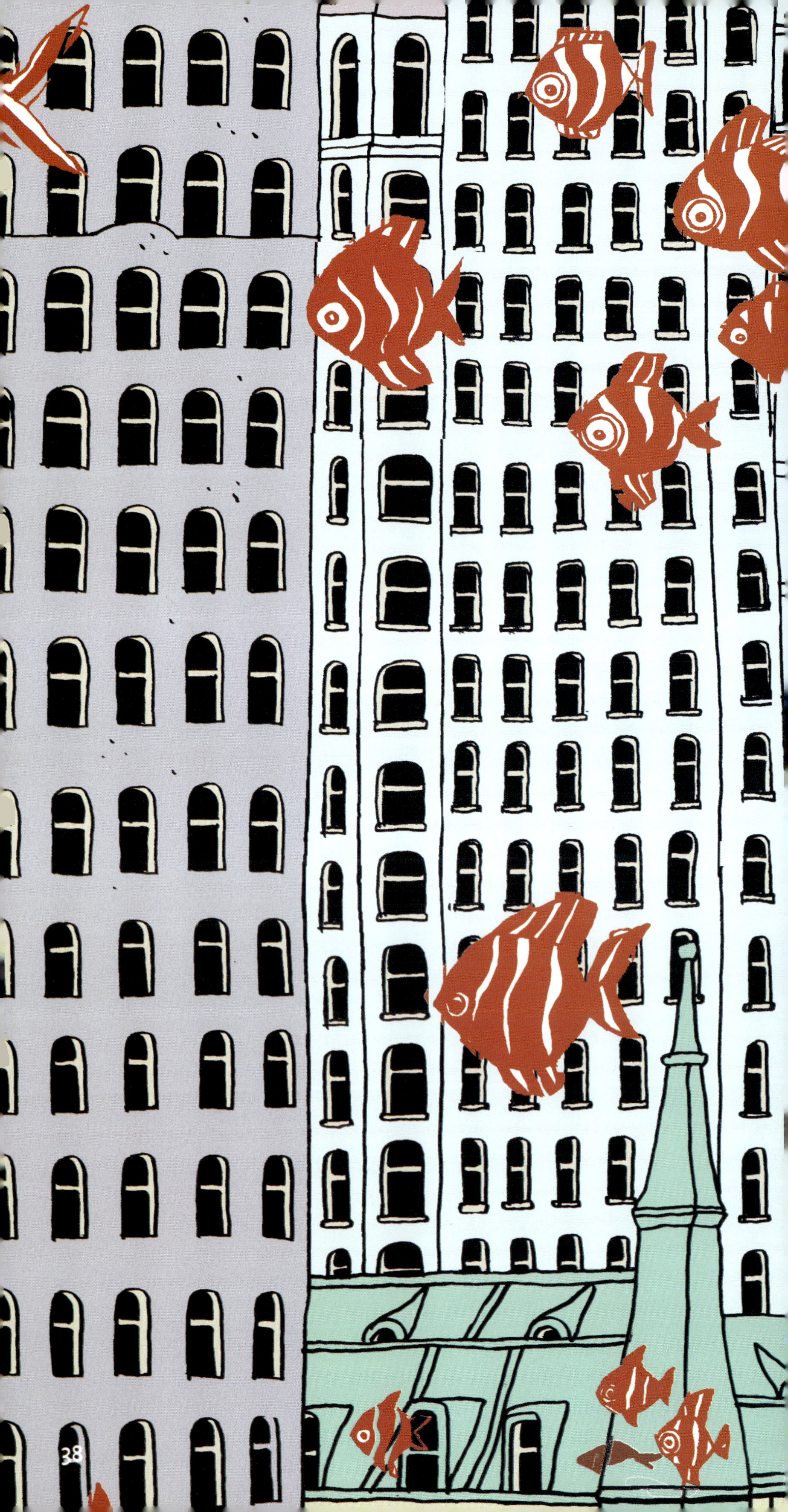

Seguiu pelas ruas, ainda em cantilena, indo para o seu escritório, onde trabalhou durante toda a tarde. Entre reuniões, planilhas, contratos e muitos telefonemas, o homem observava de canto o pequeno peixinho adormecido em seu bolso. Ele parecia sorrir. Talvez sonhasse, pensou o homem. Talvez com um rio despoluído, com seus amigos, com sua família...
Talvez sentisse saudades!
E, pensando assim, como que despertando com um estalo, o homem gritou:

— Como fui egoísta! Como pude roubá-lo assim dos seus?! Sua mãe por certo está aflita; afinal já anoitece e ele não voltou para casa! Seu pai deve estar desesperado, nadando contra a corrente, a buscá-lo!

41

Apressado, o homem não esperou o elevador. Despencou pelos vinte e dois andares do edifício e atravessou, desta vez correndo, a engarrafada avenida.

Chegou ofegante à beira do canal.

Aos soluços pediu desculpas ao peixinho
— que mal despertara
e, sem compreender
o que acontecia,
o olhava surpreso.
— Não, não tenho
o direito de te
guardar comigo.
Vá! Volte
para o teu mundo.
Eu seguirei cá
nesta
grande cidade,
sempre triste!
Nade,
nade enquanto eu...
eu... nada!

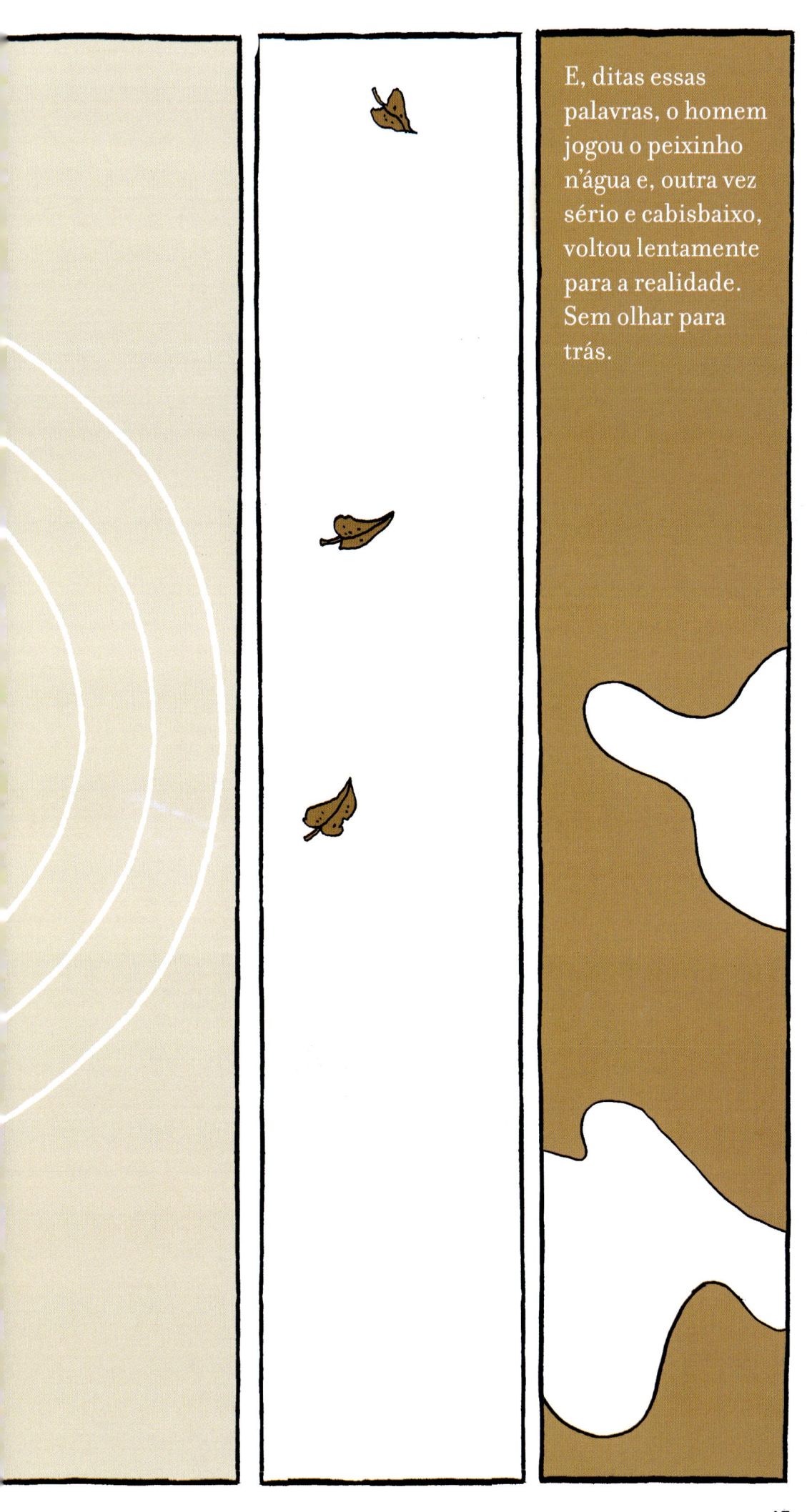

E, ditas essas palavras, o homem jogou o peixinho n'água e, outra vez sério e cabisbaixo, voltou lentamente para a realidade. Sem olhar para trás.

O peixinho debateu-se em desesperado esforço, formando um pequeno redemoinho na superfície do rio. Depois foi serenando, serenando até que, já sem forças, fechou os olhos e morreu afogado.

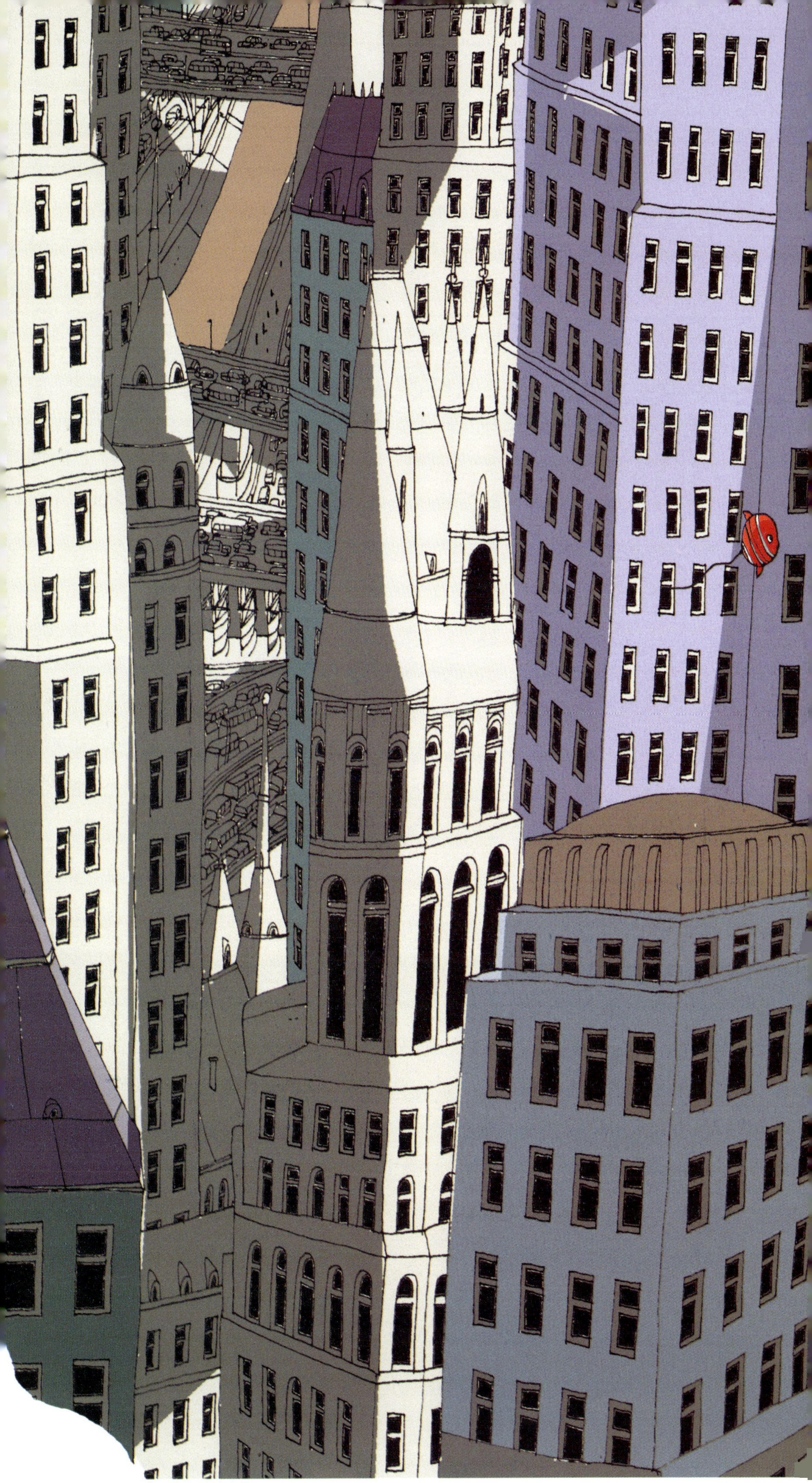

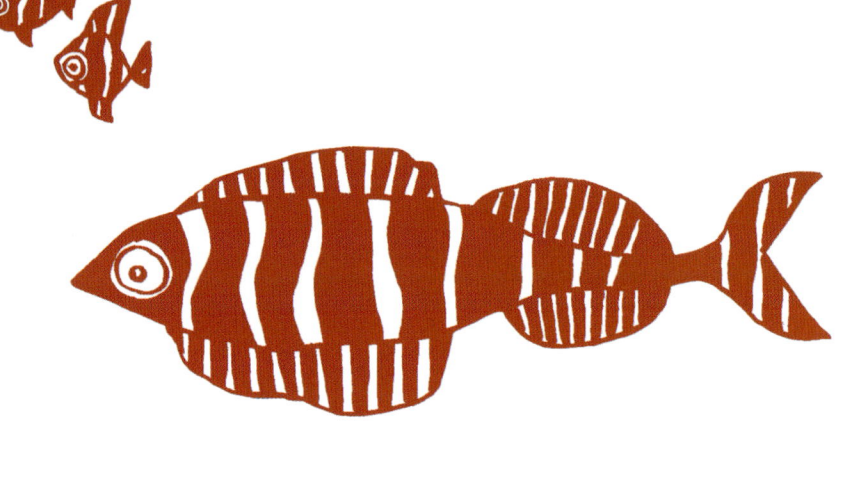

A história por trás da história

Nasci em Porto Alegre, Rio Grande do Sul, e me tornei leitora na companhia de vários autores gaúchos. Entre eles, Mário Quintana, o poeta da Rua da Praia. O senhorzinho que eu, adolescente, seguia pelo calçadão sem coragem de abordar, pois, naquela época, já era tamanho meu encanto e admiração pela sua obra que eu não saberia como lhe falar. Muito cedo decorei "Pé de pilão", história escrita em versos rimados, e me emocionei com o pequeno texto "Velha história", publicado pela primeira vez em 1948, no livro *Sapato florido*. A história do peixinho que, pescado por um homem solitário, se torna seu companheiro e amigo, até ser devolvido à água, ficou guardada em minha alma e coração. Como não poderia ser diferente, cresci e passei a me dedicar à literatura, ilustrando e escrevendo livros para crianças e jovens leitores. Certo dia, assistindo a uma palestra da escritora Socorro Acioli sobre Monteiro Lobato, ouço um trecho do livro *A barca de Gleyre*, que apresenta correspondências entre Monteiro Lobato e seu amigo Godofredo Rangel:

Certa tarde, na Editora, joga xadrez com Toledo Malta, quando, no intervalo entre dois lances, este lhe conta a história de um peixinho que por haver passado um tempo fora d'água "desaprendera a nadar" e de volta ao rio afogara-se. "Perdi a partida de xadrez naquele dia, talvez menos pela perícia do jogo do Malta do que por causa do peixinho. O tal peixinho pusera-se a nadar em minha imaginação e, quando Malta saiu, fui para a mesa e escrevi a 'História do peixinho que morreu afogado' – coisa curta. Do tamanho do peixinho. Publiquei isso logo depois, não sei onde. Depois veio-me a ideia de dar maior desenvolvimento à história, e ao fazê-lo acudiram-me cenas da roça, onde eu havia passado a minha meninice."

Segundo o biógrafo Edgar Cavalheiro, em *Monteiro Lobato: vida e obra* (Companhia Editora Nacional), essa teria sido a primeira história infantil escrita por Lobato, em 1920. E, embora se desconheça, até hoje, a publicação na qual a "História do peixinho que morreu afogado" foi registrada, uma luz brilhou em meus pensamentos: então trata-se de uma história popular! Quintana, como já dito, a registrou numa linda versão, Lobato a escreveu também e nós podemos encontrar referências musicais dela tanto na conhecida cantiga popular "Peixe vivo" como na embolada "Anedotas", gravada por Almirante & Bando de Tangarás em 1929.

Assim, o que me propus a fazer neste livro, junto com meu parceiro Eloar Guazzelli, foi criar uma nova e particular versão dessa velha história que caraminholava na minha cabeça há tantos anos e que renasce aqui, com uma nova roupagem, retratando a ironia do estilo de vida alucinante das grandes cidades – este que, enquanto proporciona mais agilidade, informação e conforto, nos deixa cada vez menos tempo para desfrutar o simples e para praticar o exercício do sonhar.

MARILIA PIRILLO

Sobre a escritora

Marilia Pirillo

Nascida em Porto Alegre, às margens do Rio Guaíba, hoje vive às margens da Baía de Guanabara, no Rio de Janeiro. Começou a contar histórias com imagens e depois passou a contar também com palavras. *A velha história do peixinho que morreu afogado* a acompanha desde a infância, quando leu pela primeira vez o conto "Velha história", de Mário Quintana. Agora, a narrativa veio à tona cheia de poesia nesta versão. Para saber mais visite: www.mariliapirillo.com.

Sobre o ilustrador

Eloar Guazzelli

Nascido em Vacaria, no estado do Rio Grande do Sul, começou a desenhar cedo e, desde então, foram poucos os dias em que não rabiscou. Foi na capital São Paulo que pôde ampliar os estudos de um tema que lhe é muito caro: a vida nas cidades. Outra grande paixão é o mar e suas paisagens, que podemos contemplar em seus filmes de animação, em suas histórias em quadrinhos ou em seus desenhos de humor. A oportunidade proporcionada por este livro foi especial por unir a paixão pela contemplação do mar à paixão pelas cidades.

Esta obra foi composta em Filosofia e em Mountains of Christmas
e impressa em offset sobre papel couché brilho 150 g/m²
para a Saíra Editorial em 2022